CB060570

Conversando com Lygia

Dilma Bittencourt

CONVERSANDO COM LYGIA
www.cartasresenhasbilhetes.etc

Copyright © 2012 Dilma Bittencourt

EDITOR
José Mario Pereira

EDITORA ASSISTENTE
Christine Ajuz

CAPA, PROJETO GRÁFICO E DIAGRAMAÇÃO
Miriam Lerner

CIP-BRASIL. CATALOGAÇÃO-NA-FONTE
SINDICATO NACIONAL DOS EDITORES DE LIVROS, RJ

B543c

Bittencourt, Dilma.
   Conversando com Lygia : www.cartasresenhasbilhetes.etc / Dilma Bittencourt. - 1.ed. - Rio de Janeiro : Topbooks, 2012.
   108p. : 21 cm

   Inclui bibliografia
   ISBN 978-85-7475-209-9

   1. Ficção brasileira. I. Título.

12-5308.
                                         CDD: 869.93
                                         CDU: 821.134.3(81)-3

25.07.12 06.08.12   037665

Todos os direitos reservados por
Topbooks Editora e Distribuidora de Livros Ltda.
Rua Visconde de Inhaúma, 58 / gr. 203 – Centro
Rio de Janeiro – CEP: 20091-007
Telefax: (21) 2233-8718 e 2283-1039
E-mail: topbooks@topbooks.com.br
Visite o site da editora para mais informações
www.topbooks.com.br

Sumário

O Fio – Dedicatória a Emília Teixeira de Paula Machado .... s/Nº

FIOS – E-mails entre Dilma e Lygia .... s/Nº

Apresentação – FIOS, ECOS E SENTIMENTOS 13

1. O Eco e os sentimentos 17

Epílogo 101

Bibliografia 107

Ao Ulisses, pelo companheirismo, olhares e acentos.

A Rosane Villela, pela leitura, humorada e primeira, dos originais.

A Frinéa Brandão, pelo olho psicanalítico.

A Vicente e Ana Maria, pelo tempo, troca e compreensão.

A vida é um mar de leituras contido no oceano do mundo dos personagens.

A Emília Teixeira de Paula Machado, pela autoria da carta-fada-resposta de Irmã Adélia a Rebeca, (CEP Fantasia), semente deste livro.

A Letra Falante e Ninfa Parreiras.

A Arte nos transforma: somos devedores do que vemos, ouvimos, e lemos. E credores do que descobrimos.

Para Lygia

Lygia, deixa eu te dizer: quando amigos me perguntaram: – ela autorizou? Resolvi incluir alguns de nossos e-mails. E contar que foram eles os fios que acenderam a minha conversa com os teus livros e os teus personagens.

----- Original Message -----
From: Ulisses e Dilma
To: Casa Lygia Bojunga
Sent: Thursday, March 12, 2009 10:46 AM
Subject: Resenha da "FALANTE" Dilma BOLSA AMARELA

Querida Lygia,
Fiquei de lhe contar sobre o evento na Arte em Laranjeiras onde leria o capítulo (Os Colegas) do livro DOS VINTE 1, porém não aconteceu por causa da chuva. Agora terminei a resenha d'*A Bolsa Amarela* e fico feliz em lhe enviar.
Um beijo para você e outro na Vera.
Dilma

From: Casa Lygia Bojunga
To: ulisses e dilma
Sent: Wednesday, March 25, 2009 12:57 PM
Subject: Fw: Resenha da "FALANTE" Dilma BOLSA AMARELA

Querida Dilma, quer dizer que você continua às voltas com o "meu pessoal", hein? Gostei! E venho te agradecer a atenção que você vem dando a eles.
Que teus dias andem rolando bem, é o que desejo.
Beijão!
Lygia.

----- Original Message -----
From: Dilma Bittencourt
To: Casa Lygia Bojunga
Sent: Wednesday, May 12, 2010 8:34 AM
Subject: Cartas, resenhas e bilhetes.

Querida Lygia,
Autores nos levam a "viajar". Você me acordou nas palavras e sonhos dos teus personagens. Nos sonhos do que eles me disseram. Compartilho esse momento ímpar, em que coloco um ponto final no meu livro, ainda sem título definitivo. Tudo começou com uma troca de cartas na Estação das Letras. E com a resenha do teu livro "A Casa da Madrinha" e, principalmente, com o incentivo que você me deu.

Um beijo de admiração,
Dilma

----- Original Message -----
From: Casa Lygia Bojunga
To: dilma
Sent: Wednesday, June 09, 2010 3:06 PM
Subject: Fw: Cartas, resenhas e bilhetes.

Querida Dilma, com a demora costumeira com que vou respondendo aos emails que me chegam (e você, também, que, se puder, me desculpe) venho desejar que teu livro, ainda sem título, tenha um destino muito feliz.
Acredito que, em breve, nos encontraremos aqui em casa (no próximo dia 2, não é?) Então, até lá!, e que, nesse meio tempo você tenha dias muito felizes.
Um beijo da Lygia.

Apresentação
Fios, Ecos e Sentimentos

Conversando com Lygia – www.cartasresenhasbilhetes.etc é uma brincadeira com o tempo e o espaço. Uma metáfora para invenção, fantasia, desejos e fronteira fantasia/realidade. Uma conversa com a vida, lembranças, memórias, memórias inventadas, leituras do meu próprio eu, do mundo externo, além de um bate-papo, formal e informal, com os personagens de Lygia, com a autora Lygia e com a Lygia.

O ponto de partida dessa conversa se dá com Penélope enviando bilhete a Lygia, direto de Ítaca, no séc.XII a.C. E, também, quando a menina, vestindo os seus sentimentos e lembranças e com outra roupagem, cria a ideia da troca de correspondências entre o "pessoal" de Lygia (seus Personagens) e entre eles e os dela.

Por meio de um fio narrativo fragmentado – blog criado pela protagonista Penélope –, se abre espaço para reflexão e leitura das obras de Bojunga. Um novo personagem, Josué Faissol, faz sua leitura de algumas delas em forma de resenhas.

Em outro espaço, com linguagem cifrada, converso, EM SILÊNCIO, em prosa poética, com seus personagens. Ora fazendo ligação com o seu texto, ora passeando pelos seus livros, ora me inserindo num devaneio interior, ou refletindo sobre o tempo e a criação.

E agora aqui me pergunto: onde será que teria me encontrado com Penélope?

Penélope, mulher de Ulisses, em Ítaca, criação de Homero, na *Odisseia*; Penélope de Lygia, personagem em seu livro *Aula de Inglês*; Penélope, protagonista de *Conversando com Lygia – www.cartasresenhasbilhetes.etc –*, meio pseudônimo da autora Dilma Bittencourt, casada com o Ulisses. Penélope, de fantasias e vidas.

Seria Penélope uma narradora isenta? Sem olhos, sem ouvidos, só pensamento? Só imaginação? Ou seria ela um fragmento de todos os personagens dos autores lidos? De imagens acolhidas? Dona de uma história em várias histórias de vida?

Até onde Penélope é uma mentira ou uma verdade? Fragmento da autora? Fragmento de tantos personagens? Até onde a fantasia e a realidade de um autor se cruzam com outra realidade e fantasia de outro autor? Separar autor e personagem é como tentar dividir o átomo e pretender chegar ao infinito. Quem sabe, de cada átomo que morre em mim nasce uma estrela... Um novo personagem? Uma vida?

Conversando com Lygia – www.cartasresenhasbilhetes.etc – são monólogos e diálogos em espaços longínquos e próximos, em tempo atemporal. O que faz, afinal, um blog num tempo passado remoto, em que as sintonias se atravessam, as energias não se evaporam, as leituras interiores se repaginam, expiradas e inspiradas em folhas novas e amareladas? Espaço infinito no qual os personagens se disfarçam em múltiplos, com suas preocupações, ansiedades, repressões e necessidades vitais de se expressarem no não tempo? Perdidos do tempo?

No epílogo, busco uma leitura das preocupações dos personagens Lourenço, dos livros *Paisagem*, e Raquel, d'*A Bolsa Amarela*. E, nesse encontro, procuro respostas para as necessidades de se escrever. O que faz a literatura se reescrever, através de outros autores? Se reimaginar? Alcançar os sentimentos e se desdobrar em outras metáforas? O que faz o escritor escrever?

Respostas? Respostas! Respostas...

Deixo, assim, em branco a próxima página, para você, leitor.

1

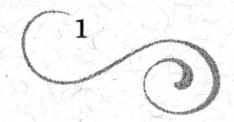

De olho em Lourenço e Raquel, personagens de Lygia Bojunga, a menina acorda. E, em sua fantasia, escreve cartas e bilhetes...

Oi, Lygia,

De tanto que te li, viajei com os teus personagens e passei a trocar correspondências entre eles. E ainda entre eles e os meus.

Beijos,
Penélope.
Ítaca, séc. XII a.C.

2

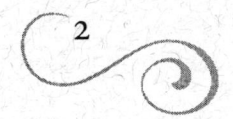

Oi, Guilherme,

Acordei, o tempo estava azul, até o momento em que a Mãe recebeu um buquê. Não que eu não goste de flores, não é isso: a Mãe está namorando, fiquei triste pelo Pai.

Ah! Apaixonada, me disse, sabe como é... Aquela coisa que dá aos doze anos, quando a gente fica pisando nas nuvens, e foi dar nela agora!

Fiquei até com inveja do buquê: vestido de paixão, acompanhado de um bilhete, cheio de segredinhos pra sua princesa... Cara! A Mãe vai viajar de vez com ele, me veio a ideia de esconder a mala dela... Pensei em botar dentro do poço da casa de Alice, bem escondidinha, que nem o coelho dela vai achar!

Já estou ouvindo você falar, com aquele sentimento lógico que sabe aconselhar: "Lourenço! Deixa de raiva, ciúme faz mal, que vergonha é essa de sua mãe se apaixonar?"

Essas coisas acontecem em qualquer família, famílias só mudam de endereço e de circunstâncias...

Tudo bem! Mas estou com os meus neurônios fervendo atrás dos porquês que não acho...

Só consigo me lembrar do Pai dando o maior apoio pra ela. Ele, que digitou os seus primeiros livros. Hoje, autora consagrada, resolveu fazer da vida o seu novo romance. Vou tentar ser generoso. Tentar entender essa descoberta da Mãe.

Mas, cara, liga pra mim. Liguei ontem pra sua casa e ninguém... Até sexta, no colégio.

Abraço conformado no meu amigão.

Lourenço.

Oi, Lourenço,

Tive uma ideia! Quem sabe você pinta o buquê e fica observando até ele apagar. Quem sabe ela volta, ou você esquece! Esquece?

Teu Pai me falou que o cara é um tremendo egoísta e só quer sua mãe, não vale levar você nem sua irmã. Sua Mãe está de "Cinderela" nessa história. Deixar a mala pra trás... Pode ser fase, quem sabe ela desperta do encanto?

Curte agora essa afinidade gostosa que tem com seu Paiiiii e esconde a saudade dela no bolsinho menorzinho daquela su'*A Bolsa Amarela*, quem sabe ela vai se espremendo, se espremendo, até tocar o alfinete, e, com o cutuco dos sonhos, ela te avisa: "pode acordar que a Mãe tá chegando!"

Vejo você na sexta.

Abraço de conforto,

Guilherme.

3

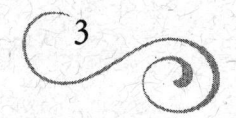

*Lygia querida, continuando a nossa conversa, tô te ouvindo dizer: Tá tudo trocado. Pois é. Enquanto Rebeca pensava como é duro dar **Tchau** pra Mãe, Guilherme e Lourenço resolveram entrar em cena. O Lourenço você não estranha, pois foi assim que você o criou, meio intrometido, tentando mudar os seus escritos. Querendo ser dono da **Paisagem**. Te dou notícias.*

*Beijos da
Penélope, sua leitora atenta.*

Oi, Penélope,

Quanta surpresa! Você tecendo o fio do Lourenço e do Guilherme. Eu me assustei com Rebeca saindo de cena! Ela sempre tão presente! Sei que você não gosta de gente ansiosa, de tão paciente que é, mas gostei de você gostando de conversar com os meus personagens. Mexer na casa deles, como se estivesse trocando os móveis de lugar. Fiquei contente com sua leitura atenta, curtindo "o meu pessoal". Boa sorte, beijos no Ulisses. "Até nosso próximo encontro."
Ítaca, século XII a.C.
Lygia.

4

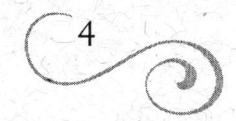

Oi, Guilherme,

Rebeca está uma fera! Disse que a Penélope tirou o lugar dela nessa história. Afinal, é a irmã mais velha. Irmãos sempre brigam. Haja espaço! Como fui o caçula por muito tempo, a mãe tinha o maior cuidado comigo.

Estourou aqui um clima! Ela se sente abandonada. No colégio, a professora deu zero na poesia dela. Na época, a mãe não questionou a professora. Agora está voltando tudo na cabeça. Vive dizendo: sou um cachorro vira-lata, sem mãe, sem tia, sem avô, sem casa, sem mundo. Pior que um vira-lata, que vira, vira, encontra o osso e come. Ela vira, vira, encontra o medo de virar! Está como um coelho na toca. Já não quer ir nem ao colégio! Diz que não encontrou lá nem um colega. Quanto mais *Os Colegas*...

Como irmão mais novo, tô assombrado! Essa saída de casa da mãe tá sendo um terror. Na toca, ninguém é achado, você não acha?

Abração de um irmão preocupado,
Lourenço.

Oi, Lourenço,

Tive uma ideia, quem sabe ela não manda uma carta pra professora? Pense nisso. Te vejo amanhã no colégio.

Até lá,

Guilherme.

5

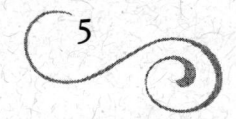

Há coisas que a gente sente e precisa falar, senão vira um monstrengo que vai nos acompanhar... que vai nos torturar...

Querida professora,

Não sei se você ainda está viva, mas hoje tentei conversar com você...

Estava encafifada com aquele zero que recebi na redação. Por anos circulando na minha cabeça, inflando o seu grito: "Eu DISSE para fazer poesia? Então nem mais um pio!"

Você me ensinou a ouvir, ouvir e ouvir, e de tanto ouvir minha voz se calou.

O tema da redação era o cego, lembra? E eu, ingenuamente, escrevi sobre a morte e a solidão, em dia escuro e dolorido. Tinha acabado de perder meu avô e você não me deixou falar.

Tive medo, muito medo e até sonhei com um cachorrinho tentando roubar um osso de um cachorrão. Acordei com o cachorrinho, orelha baixa, acuado, chorando... Na época, com pouca idade, não entendi como pude lhe causar tamanho desconforto.

Agora fico pensando na sua clausura, e você ali, rosto atrás do véu, conversando com as regras, a obediência e as convenções, íntima da repressão, no pedestal de um sábio, recriminando (quem sabe...) o atrevimento e a insignificância de um aluno... Tento assim justificar o seu gesto comigo. E me pergunto se, em outra época, freira ou não, sua história fosse outra. Se puder, me dê um sinal para uma boa conversa.

Um beijo da ex-aluna domada,
Rebeca.

A memória, às vezes, parece que dorme...
Chega um dia ela acorda contente...
Mesmo sem as respostas aos anos de antes...
E fica falando sozinha com os próprios botões.
E de tanto falar e guardar na caixinha os sonhos,
as ilusões,
os devaneios,
eles se juntam
como se tecessem
a mão invisível do inconsciente.
Como num bordado **Feito à Mão**.
Mas a vida da gente
é uma paisagem em movimento.
O cenário diário não cabe num palco.
É como um mosaico cheio de fragmentos
e, quando a gente olha,
ele está lá
tecido,
colado.

6

O
tempo
Não
tem
pressa

Rebeca,

A graça do Espírito Santo esteja com você.

Foi muito bom receber a sua carta.

Cartas são um mistério. Declaram uma origem e um destino, mas nem por isso deixam certo o seu sentido. Este estará no que suas palavras revelarem.

Agora sou eu que fico pensando na tua vida: imagino-te sofrendo grande falta de teu querido avô, revivendo a solidão da noite escura de sua morte e ponderando sobre a cegueira de sua ex-professora.

Nesses anos, foram tantas alunas que passaram por aqui – muitas delas com histórias de perdas – que não estou certa de ter sido eu sua professora. Porém nítido está que a questão da prosa e do verso continua em aberto para você.

De minha parte adianto que estou aqui para te escutar e acompanhar, de ouvidos abertos, o caminho em direção aos temas da sua vida e origem dos seus versos.

O que levar nessa caminhada? Palavras. Proponho palavras para enrolar e desenrolar, palavras da memória e também da criação, palavras para encaixar e separar, palavras para embaralhar e jogar, e palavras para cativar e fazer nosso coração parar. A vibração, a cadência e a harmonia dos sons devem penetrar nossos ouvidos e chegar com graça ao íntimo de nosso ser.

O nosso Senhor é o Verbo de Deus: "O Pai, como que dizendo a si mesmo, gera o Verbo que é em tudo igual", diz santo Agostinho.

Você já pensou que é deste ponto na eternidade que se dá o incessante diálogo entre Deus e a humanidade, dentro das religiões ou fora delas, em prosa, como nos escritos, ou em verso, como nos Cânticos e nos Salmos? Por isso, eu insisto, a escuta é vital para que possamos falar e significar a nossa vida.

Sobre cegos ou não, quem sabe conversamos mais?

De sua indigna serva,

Ir. Adélia.

Querida Rebeca,

Desculpe bisbilhotar os seus papéis, mas fiquei curioso com a resposta da Irmã Adélia. Vi aquele envelope amarelado e abri.

Como ela era bonita! Confesso que, ainda garoto, me apaixonei pelos seus olhos azuis. Tristes olhos azuis! E me amedrontei com seus olhos perversos! Hoje não faz diferença a indiferença dela. E nem a você, calculo.

Mas a leitura da carta que ela lhe enviou me fez voltar no tempo e rever a sua condição de mestre distante e desatenta, de olhos voltados apenas à hierarquia e à autoridade. E pensei, numa sala tão pequena e me lembrei de como isso me incomodava.

O zero te fez mais responsável. E uma boa aluna rebelde. Rebeldia, mana, no bom sentido. A necessária para se questionar o mundo, as palavras ditas e não ditas. E, ainda, te fez perguntar os porquês. Te fez não aceitar as receitas prontas, procurar o teu próprio tempero. E pra quem escreve me parece fundamental. Tanto no verso quanto na prosa.

Outro dia, lendo Vargas Llosa em *Cartas a um jovem escritor*, me deparei com a pergunta do autor sobre a disposição precoce para inventar seres e histórias e com a sua resposta: a rebeldia é o ponto de partida da vocação do escritor.

Você já atravessou o rio e aprendeu com o sorriso das pedras. Não importa o tamanho do elefante ou do mosquito quando alguém não quer e não enxerga. O outro será sempre um grão de areia. A invisibilidade, o descaso e a inconsequência te fizeram mal naquele momento. Mas também te fizeram bem.

Beijo de quem te olha de luneta.
Do seu irmão,
Lourenço.

7

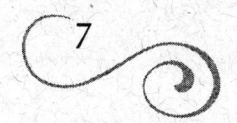

Era uma vez
uma boneca
que gostava de conversar.
A boneca era muda, mas sabia falar.
Ela falava com os olhos
respondia com os ouvidos
e quando piscava a danadinha
era pra concordar.
Mas, quando se aborrecia
o ouvido dormia
e o olho não parava de falar... De tanto que o olho falava
o barulho de tão forte
que o outro olho soltava
saltava
até estacionar no olho
da outra boneca.
A boneca agradecida
resolveu colar o olho emprestado
no ouvido.
E, arrependida,
dividiu com ela a sua caixinha de voz.

Oi, Lygia,

Ontem, quando lhe falaram das minhas brincadeiras com os seus personagens, em viva voz, juntinho de você, me esqueci da Penélope e mais parecia o Vitor cavando **O seu Sofá Estampado**.

Tatu é assim mesmo, mas até que tive coragem e lhe falei de uma carta imaginada. E de carta em carta, estou aqui tecendo a boa liga dos seus personagens. E me lembrando do momento que você captou a história da carta. Ninguém lhe falou. Só de me ouvir falar do sótão. Da sua escrita. E você sabia que era com o Lourenço que eu mexia.

Que memória! O mais legal é que você não se aborreceu com a minha ousadia.

Beijo de tatu aliviado.

Penélope.

8

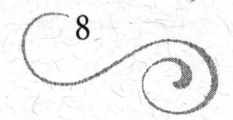

Oi, Lygia,

Nem ainda colhi tua resposta e já estou de novo no meu esconderijo do lápis e do papel. Quero te falar dos teus dois epílogos do livro AULA DE INGLÊS.

Como tenho que escolher um, de início fico com o segundo. Mais leve, livra o professor de ouvir explicações de Tereza Cristina, apenas agradecida ao professor-protetor. Indiferente aos seus sentimentos, sem lhe dar chances de revelar sua paixão por ela, sem saber do seu outro lado, de suas expectativas. E, ainda, alugando os seus ouvidos até o último minuto, para falar do seu amor por outro, um escritor, que lhe pegou pela escrita e pelo homem. Sadicamente, lhe torturando até o fim.

Não sei por que tomei as dores do professor. Acho que desde a cena do abraço rejeitado em Londres, cheio de ojeriza. Ele, inseguro, pedindo piedade com os olhos, para falar que não seja do amor, mas do sofrimento. Ela, dura, com olho no caminho, pedindo: esqueça que eu existo.

Por um momento, fiquei do lado de Tereza Cristina, me vi na contradição de um abraço intruso e um abraço rejeitado. Um abraço de audácia do professor e uma frieza de quem diz que ele passou dos limites.

 Mas logo esqueci sua audácia e pensei na sua angústia retida tanto tempo, ela só falando dela e ele ouvindo. Além do que, senti o professor humilhado e me lembrei da cena da capa de chuva de Tereza Cristina, esquecida em sua sala de jantar, e ele tentando abraçar o vazio... Em sua fragilidade...

 Mas, pra falar a verdade, não escolheria nenhum dos dois epílogos. O livro acaba para mim no encontro do professor com a tia Penny, amor secreto da sua infância. Ali ele se libertou do rosto de Tereza Cristina. Fez a sua catarse e liberou todos os bloqueios, falou de amor sem rejeição. O tempo e o espaço já não eram mais impedimentos. Os impedimentos da idade se dissiparam numa atmosfera de entrega ao prazer das palavras. Da lembrança do que não foi dito.

 E, ela, Penny, saboreava as palavras do seu aluno e sobrinho emprestado. Esse é o momento-chave do livro, no qual se enquadrou uma cena inesquecível. Ligaram-se os fios do sentimento e se registrou a Penny da paixão oculta (do passado), da paixão desvendada (no presente) e da ternura (lembrança do futuro).

 Que momento grande esse último encontro! Um flashback de duas vidas. Num ambiente de calor interno e externo. Você torna vivos seres inanimados, objetos, como se fossem pessoas agradecendo os momentos de atenção. Objetos que contam histórias de seus donos, através da atmosfera de aconchego.

Momento crucial em que o professor se livra do fantasma do silêncio. E consegue abraçar. Dar voz a sua vida e dá fogo ao final da vida de Penny. Que abraço monumental que joga pro alto duas fragilidades: a psicológica (o medo do professor) e a física (os ossos de Penny).
Tudo encerrou ali. A Tereza Cristina era apenas a Penélope, um apêndice de duas impossibilidades, na trajetória de duas realidades: um professor e um escritor (Otávio Ignácio).
O primeiro mais real, apesar de não ter nome, mas representar uma ilusão verdadeira. O segundo, a ficção através da ilusão do fantástico. Uma paixão confundida com a imaginação. Tereza Cristina, personagem de livro (Penélope), prisioneira da ilusão de musa. Tereza Cristina real, menina solidária com a miséria da África. Aluna de um professor de inglês. Tereza Cristina real, possuída pelo escritor. Ilusão de uma paixão envergonhada? De uma Tereza Cristina disfarçada, enganando a ficção como menina valente?
Contraditória menina... Ouve o sentimento de dor coletiva e com ouvidos moucos ao sentimento-sofrimento de um frágil professor.
Vingativa da crueza do professor em lhe apontar a ilusão? Crueza vestida de proteção? Ou de amor egocêntrico, não correspondido?
Octávio Ignácio, apenas escritor, apaixonado por sua narrativa? Ou de fato preocupado com os pendores sociais da sua musa? Sempre objetivo, não admitindo nenhuma culpa na ilusão de Tereza Cristina. Sempre abraçando só a Penélope. Abraçando a ficção.

Culpada seria ela por sua inocência? E o professor, por sua intromissão?

Aguardo o seu olá.

Beijos de curiosidade.

Penélope.

9

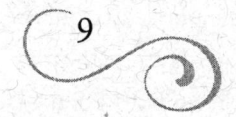

Querido irmão,

Fiquei pensando no que você falou e acho que fui muito generosa com essa professora. Ela me tirou o doce da boca, roubou o meu desejo e eu, bobona, deixei. Chato que a mãe ficou calada e continuou fazendo as redações do colégio pra você.

O desejo é um vício que a gente não mata, ele morre com a gente. Mas, o bom de tudo isso é que isso tudo nos aproxima agora.

Professora? Pergunto. Cadê a arte de encantamento pra despertar o aluno? Está mais pra um robô, a replicar crianças obedientes ao catecismo. Poesia, nem a Bíblia!...

Outro dia pensei naquele seu amigo Rodrigo, ensinando o Turíbio pra não perder a bolsa do colégio. Aquele nasceu Professor!

E sobre o Turíbio, o nosso querido Tuca, trago notícia quentinha pra você. O menino negro, pobre, da favela, lutando contra todas as dificuldades, está em Dublin regendo o coro da catedral Saint Patrick. Cara legal, aquele! Cansava de levar bronca da professora, quando se desligava e parecia um maestro regendo um concerto em sala de aula. Fiquei feliz, afinal ele se encontrou com o seu dom!

Na internet, fiquei sabendo do sucesso dele por acaso, quando procurava concertos ao ar livre, e mais uma vez ele estava lá. Dessa vez na flauta. O que faz o talento com incentivos! Foi descoberto por uma ONG. Sim, com O maiúsculo, em negrito e sublinhado.

Até outra hora.

Beijos da Rebeca agradecida.

Um dia a menina pensou ser poeta, jornalista, psicóloga e escritora. Vocês não se lembram... E foi dizendo assim, assim como quem pensa, e depois vai vendo...

Mas agora percebeu que está com a mania de ficar esculpindo as letras e pensou: Quem sabe dou uma boa escultora. Vocês não sabem, é uma mania que estou pegando, que reparei em mim. Sabe como? A de pensar e refletir muito. Desenhar a escrita, como se as palavras dormissem na minha cabeça e fossem ruminando dentro dela. E acordassem de um sono de longa data.

Daí vêm as histórias que vou esculpindo aos poucos.

Outro dia pensei na matemática e vi um cimento armado na minha frente, depois vi uma nave espacial equipada à velocidade da luz, atravessando todos os buracos negros. Fechei com os números na minha cabeça, mas resolvi definitivamente esculpir as palavras.

10

Irmã Adélia,

Vejo que o tempo não passou pra você. Sim, porque a idade é a soma daquilo que fizemos, não fizemos, pensamos e não fizemos ou nos arrependemos.

Pergunto a mim se a teimosia é virtude. Às vezes pode ser a glória da "certeza".

Outro dia me lembrei do bombom que você me entregou pra levar pra minha prima. Não era aniversário, Natal, nenhuma comemoração especial. Fiquei refletindo se era missão ou castigo. E só consegui o riso do ratinho devorador de bombons.

Ele ia roendo cada pedacinho. E da janela do ônibus escolar devorava o caminho, pescando o prédio aonde ia descer. Ao final da viagem, sobrou o recheio e o invólucro do papel. O Sonho de Valsa mais demorado e degustado prum ratinho de sete anos.

No dia seguinte, a mãe do ratinho mandou de presente uma caixa de bombom de cereja pra você. Lembra?

Um abraço
Do ratinho saciado.
Rebeca.

Cara amassada no travesseiro, a menina imagina a arte de falar. E o ar lhe escapa. Como num teatro mudo de frustrações. A menina então engaveta o desejo, suspira o sofrimento e desenha uma ruga de veia cômica...

– Mãe, que dia é hoje? – Pergunta, como se esperasse o domingo.

A menina vê a mãe alinhavando as preocupações, conversando com a agulha sobre os caminhos. Puxando a linha com a certeza da tonalidade certa.

– Menina, que fogueira é essa?

– Um caderno de poesia, mãe!

Querida prima,

Outro dia você me perguntou pela vida. E, aí, eu lhe falei dos bichos, das crianças e das estrelas.

E aí você me mostrou um caminhão com cara de trator...

Nisso, a tua mãe telefonou, perguntando:

– Quem pisou na minha flor, Priscila?

No meu sonho, você respondia:

– Parece que não choveu. E a chuva não regou o coraçãozinho da flor.

E eu acordei com a flor apagando. E você dizendo: – Ainda está com ciúmes do meu bombom?

Beijos oníricos da sua prima preferida.

Rebeca.

11

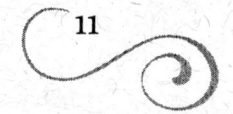

Oi, Lourenço,

Já que você saiu pro colégio, resolvi segredar no seu diário. Quero dizer que você é um irmão querido e que resolvi escrever pra mãe. Deixar de lado essa coisa de ficar ruminando. Você é um irmão caçula com olho especial. Como você saca as coisas e me ajuda!

Estou olhando pro Donatelo e pensando na mãe! Dorme como um anjo no berço. Estou aguardando a Zica pra sair. Quem sabe te encontro na saída da escola. Já estou ouvindo: te não, **lhe**. Desculpe o **te,** aqui, neste lugar, é bem mais sonoro e me aproxima mais de você.

Beijos da irmã agradecida,

Rebeca.

Oi, Mãe,

Depois que você fugiu com o estrangeiro, esqueci o nome dele, a casa congelou! E eu fiquei com a mão parada num **Tchau** suspenso.

A mala que eu não deixei você levar continua no poço de Alice, a sua espera. O relógio cuco continua parado, sem ninguém pra puxar os fios e dar corda.

O gato Tião me olha enviesado na espera de eu puxar o seu rabo e apostar corrida em volta da mesa. Naquela brincadeira gostosa de mãe, filha e gato.

O pai, coitado, tá aprendendo a ser mãe do jeito dele! Tá aprendendo a brincar com a gente. Outro dia, trouxe uma maçã coberta de chocolate e pendurou no berço do Donatelo. E, depois, disse alto:

"E assim ele vai aprendendo a lei da gravidade!" Não entendi bulhufas! "Já, já você vai saber!", disse ele. "Deixa a afobação pra lá!"

Ah! Ia me esquecendo! Ele continua tocando violino, diz que aprendeu a ler e a ouvir a vida através das suas cordas. Depois que você saiu, ficava trancado horas no quarto e pendurou o ouvido na Tocata e Fuga em Ré Menor, de Bach. Daí, compôs uma música pra você! "Fuga", nomeou. Mãe, eu estou aprendendo com ele, mas nunca vi tão sonora e profunda tristeza no "ré" de um violino!

No mais, o coelho da Alice continua tomando conta da sua mala! Volte logo! Senão, ele morre de cansado!

Beijos da sua filha saudosa,

Rebeca.

12

Oi, Lygia,

Outro dia fiquei relendo os e-mails que enviei pra você e percebi que deixei de lhe contar como foi a leitura para as crianças, que faria no Jardim Botânico.

De início, pensei em ler o capítulo de OS COLEGAS, do livro DOS VINTE 1. Logo depois achei longo para o tempo de apenas uma hora. E aí resolvi ler o capítulo de TCHAU. Li e reli para mim mesma um monte de vezes. E cada vez mais gosto mais dele.

Mas com tantas confusões e descobertas dos meus escritos de 19 anos atrás, me esqueci de lhe contar que choveu e não houve o evento.

O tempo às vezes parece um buraco na vida da gente. Ítalo Calvino é quem fala que o primeiro livro é aquele que vai marcar todos os outros. OS COLEGAS marcou o sucesso da escritora que você é. Quanto ao meu, a editora foi fechada, os sócios mudaram de identidade e de feições, e até hoje moram na Inglaterra.

Ana Rose, uma amiga escritora, há pouco tempo fazendo pesquisas na Universidade do Texas, EUA, me deu notícias dele, e do tempo que já tinha congelado na minha cabeça. Das reuniões reservadas nos diretórios acadêmicos, do cerco policial às universidades, dos aparelhos onde os jovens se escondiam e pensavam as estratégias da resistência ao golpe de 1964.

Os fatos começaram a derreter, e eu a sentir cheiro de sangue, de dor, da tortura do silêncio e da inocência-jovem-imediatista de transformar o mundo. De "dar a César o que é de César", ou, porventura, o que poderia ser de César. E comecei a rever o retrato da insegurança e da angústia de mães duvidosas, de ceder seus filhos ao exílio, a propósitos utópicos de uns e projetos pessoais de outros.

Num tempo em que a ideologia fazia e desfazia namoros, noivados, casamentos, separava famílias, armazenava culpas e certezas. Tempo dos grupos solidários de ideologia exclusiva. Ao mesmo tempo em que se pregava uma revolução do amor e da paz. Da quebra dos tabus. Tempo... Como todo tempo, coerente e contraditório.

Voltando ao meu livro, minha amiga leu ainda um comentário sobre ele numa revista espanhola, "depoimento sincero e honesto de quem conheceu os fatos de fora, mas de certa forma, por dentro".

O livro andava o mundo e eu não sabia...

O tempo é uma brincadeira, uma invenção. Esconde nossas ideias num baú e não nos avisa. Uma brincadeira de gigante com a formiga. Fora isso, a vida vai rolando bem. Mas rolava melhor quando lhe escrevi de Ítaca...

Beijos de uma autora perplexa,
Penélope.

13

O que faz o escritor brincar com a sua condição de ficção? Perguntou o galo, entretido em representar. Escapuliu fora d'*A Bolsa Amarela* tentando driblar o real com as suas mágicas. Enquanto o alfinete dormia armazenando forças. E sonhando, respondia: Tem dia que a gente fala por incógnitas, tem outro que a gente deixa a primeira pessoa e voa na terceira. Têm horas que a fantasia é tão clara que até a gente acredita. E têm outras que a mentira é tão verdadeira que a gente quer fugir, completou o guarda-chuva. Eu não, disse o alfinete. Quero ficar nesse bolsinho amarelinho, assim cutuco os personagens de Raquel, converso com eles e não deixo eles dormirem. E, quem sabe, assim sai logo um novo romance?

Querida Raquel,

Eu queria lhe dizer que, a cada dia, venho cuidando mais de você, com toda atenção. Fico conversando com a sua imaginação, lendo você nas entrelinhas e pensando: como os nossos escritores favoritos, através dos seus narradores, nos fazem mais atentos conosco e com os outros!

Sabe aquela coisa que parece que você já viveu a vida dos personagens deles? E aí você vai se achando nas suas histórias, vai se sentindo compreendida, vai revivendo a sua infância, vai colocando os pingos nos is, vai procurando entender o irmão, a professora, a mãe, os amigos, os possíveis inimigos, a condição humana.

Achei 10 o papel que o alfinete faz dentro d'**A Bolsa Amarela** e dentro de você. Ao mesmo tempo em que ele escreve os seus desejos, ele acorda você na hora H, amadurecendo a criança, mas deixando ela viva dentro de você.

A única coisa que senti é que você não deveria ter renunciado a sua vontade de escrever cartas. Estava gostando de ouvir você contar a Lorelai a sua vida de criança na roça. A gente que mora na cidade só se imagina.

Aguardo sua resposta com notícias do Terrível. Será que o barco que levou o seu amigo galo, bom de briga, vai pregar a mesma peça daquele que levou o meu Ulisses pra Troia? Às vezes é o mar quem briga com a gente.

Um beijo desconfiado,
Penélope.

14

Hoje, leitor, Penélope resolveu sair da toca em que se esconde lá na Grécia e, já, já vai enviar uma carta para você, um espectador silencioso das histórias adaptadas e inventadas em cartas informais entre personagens, das narrativas em primeira pessoa, em terceira e das cartas da protagonista Penélope alinhavando esse bate-papo entre o "pessoal" da Lygia, (seus personagens) e os dela em

Conversando com Lygia,
www.cartasresenhasbilhetes.etc

Queridos leitores,

Não sei por que retirei da estante o NÓS TRÊS e novamente me detive na capa dessa preciosidade imprecisa de um pintor descrevendo o amor através do inconsciente.

Quatro olhos me olhavam insistentemente. Dois pareciam cegos na razão do cérebro. Os outros dois, um flanava nas ondas do amor, enquanto o outro dormia indeciso. É como se perguntassem: afinal, o que é o amor? Onde está o limite da dor na indecisão, na entrega ou na negação?

O amor tem dessas coisas. Ele nos diverte, escreve livros, pinta quadros, pergunta, responde e às vezes não quer falar.

É esse pintor que nos fala do amor através dos olhos, do coração e do cérebro. Delineia, em ondas e círculos, perspectivas (contínuas e descontínuas), num movimento dinâmico e repetitivo. E, em cubo, quem sabe, expressa suas limitações.

Queria dividir com vocês esse quadro em exposição no Museu de Imagens do Inconsciente e que ilustra a capa do livro de Lygia, NÓS TRÊS. Um gol de pintura.

Deixo aqui o meu blog: www.penelopenapoltrona.com.gr

Beijos amorosos,

Penélope.

Ítaca, séc XII a.C.

Cara Penélope,

Depois que você deixou o seu blog, resolvi enviar um comentário breve sobre o *Nós Três*. Essa história sombria, como diz **Lygia Bojunga**, de amor.

O que faz o homem tornar impossível o amor e se defender dele? O que faz o amor namorar todas as idades, das mais variadas formas? E o que faz o crime matar o amor, numa relação de causa-efeito?

Gostaria de perguntar a Mariana, essa personagem tão ausente de si, quando mata David com a faca e diz a Rafa: "(...) como é que, de repente, a minha mão ficou podendo mais que a minha razão e o meu coração".

Uma história de amor egocêntrica? De amor descartável? Será a vítima só David, com a sua imaturidade, medo de comprometimento? Com a sua fugacidade, recorrente e repentina, de Mariana e de outras marianas, e a sua instabilidade nos lugares e no tempo?

Amam David e Mariana o amor? Ou estão tão seguros que amam a si mesmos?

Vou dar um palpite. Amar o amor pede um pouco de segurança no outro. A onipotência não depende de um gesto, de um beijo nem de uma palavra.

Como diz Adélia Prado, em seu poema "Corridinho", no livro *O coração disparado*: "O amor quer abraçar e não pode."

Saudações (sombrias) a você e à galera de *Nós Três*, que despertam a gente para o amor.

Do leitor mais que atento de Lygia, no Dia dos Namorados.

Josué.

15

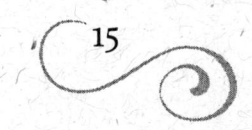

O silêncio, às vezes, é significativo. Como dar limites a um leitor enjoado? Tipo Lourenço, protagonista-crítico de *Paisagem*, com olho na obra da Lygia, querendo ser o escritor, querendo dar palpites?
Será o Lourenço a própria Lygia respondendo? Perguntando? Se escondendo? Será ela mesma falando desses críticos-monopolistas-da verdade, dizendo que a história não convence, que era necessário um outro final? Que certos temas só são para adulto? Que história pra criança tem que ter final feliz?
E Lygia também, falando do processo criativo do leitor reescrevendo a história pela sua ótica? Falando do processo de liberdade de criação, a paisagem como um foco?
Da imaginação como deformação da paisagem, uma sombra? Da inspiração (barco, mar e a flor), uma luz, símbolo do real e de suas lembranças, (uma sombra) símbolo da ficção?
Falando dos limites e fronteiras da realidade e da ficção? Quando fala do encontro e ao mesmo tempo do desencontro do Homem com a Mulher no metrô, na plateia e na casa?

E ainda falando da ilustração, do seu original processo de escrever por imagens? De encenar a escrita? E ao mesmo tempo criticando as ilustrações literais do texto? (Desenho da menina, sua personagem sem nome?) Desenho: ilustração ou apropriação?

Seria o Lourenço o inconsciente de Lygia? Sonhando o sonho dela, simbolizado na flor, mar e casa, personagens constantes de seus livros?

Estou lhe cravando de perguntas porque gosto de conversar em silêncio. Não quero ser o Lourenço a lhe enviar cartas e bilhetes, um tanto cabreiro, sem saber se você gosta de escrever cartas e bilhetes. Mas acho que me enganei até agora, depois que vi você desejando "Boa Sorte" ao Pacífico, o seu personagem mais dolorido, no final do seu mais novo romance, Querida.

Fui lá na dedicatória que você me fez no seu livro Nós Três e pensei: uma cópia, me senti também sua personagem. Não sei se é pretensão minha, mas você escreve bilhetes ocultos em seus livros aos seus leitores. Pode ser fantasia de leitor, mas acredito que não, quando lembro de você me dizendo: "tenho uma ótima memória."

Querida, quero dizer a você que os seus personagens acordados de um sono profundo, em Pollux, Ella, Pacífico, Bis, a velha, "o seu pessoal", como diz você, me fizeram muito bem!

16

Querida Penélope,

Depois que você deixou o seu blog, estou me sentindo no céu para conversar com você e os leitores-apreciadores de Lygia.

Esse é um fã-clube interessante, com o maior tempo do mundo para ler e reler os seus livros, emitir opiniões, fazer críticas, ensaios, resenhas, pareceres, receber cartas e responder com a maior paciência e o maior prazer.

Por falar nisso, achei muito legal o comentário do crítico literário José Castello, no caderno "Prosa e Verso", de O Globo, sobre o último livro dela, *Querida*.

Aborrecido com o rótulo de literatura infanto-juvenil que os "especialistas" dão à obra de Lygia, se indignou assim: "Romance da mais premiada autora brasileira de literatura infanto-juvenil. Escrevo com repulsa: 'de literatura infanto-juvenil'. Lygia é um dos grandes escritores brasileiros vivos e o clichê (a máscara) a reduz e esmaga."

Repulsa de quem lê a Lygia com paixão e olho crítico.

Só tive um olho diferente do dele quando, no seu artigo "As Máscaras de Rhodes", enxerga na foto-máscara da capa de *Querida* o símbolo do ciúme do protagonista. Vi ali o símbolo do teatro. Pollux, enciumado, fugindo de casa, faz parte da trama para chamar atenção da mãe. Viúva há cinco meses, entusiasmada com o novo marido, deixa o menino fantasiando o escanteio, o abandono, a perda. O pouco caso? E de fantasia em fantasia nasce o dramaturgo e escritor Pollux.

Autores como Lygia nos levam às diversas leituras do texto. A possibilidade de achar, procurar, perder e tentar achar de novo. Como os meus três relógios, nunca batem à mesma hora ao mesmo tempo, porque os acerto em três tempos. Não rompo com a hora, mas o diferencial dos minutos são as nuances da impossibilidade da precisão. É isso que fazem os bons escritores de literatura.

A minha amiga de 10 anos, Laura, adorou *Querida*. Presente meu de aniversário. A mãe dela já tinha lido. Depois de *Querida*, ela passou a ler *O Pintor* e a mãe já foi incumbida de comprar *Corda Bamba*.

De leitora de livros para crianças, Laura passou à leitora exigente. Lygia descobriu uma nova leitora. E Laura se descobriu na coragem de Pollux, saindo de casa à procura de um abrigo e proteção na casa do tio (Pacífico), com a maior paciência, para ouvir suas histórias, dar e retribuir o afeto do menino.

Se você, Penélope, ainda não leu o artigo do José Castello, mando pra você. Minha resenha de *Querida*, vou anexá-la agora.

Um beijo satisfeito,
Josué.

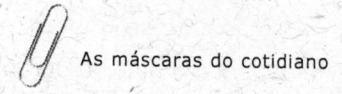

As máscaras do cotidiano

17

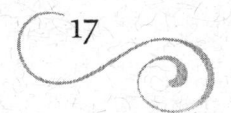

As máscaras do cotidiano
Josué Faissol

O que faz de *Querida* (Casa Lygia Bojunga – 2009), sua mais recente obra, uma peça encenada? Um encontro marcado com o teatro?

Mestre em contar histórias e dramatizar a escrita, a autora-atriz constrói o cenário do texto. Encena a palavra, significa o gesto, a ação, a imobilidade e o silêncio dos personagens. Dá a eles imagem e acústica. Integra as pausas como se deixasse o leitor-espectador respirar a cena, para ouvir os diálogos.

Teatro – marca de sua paixão, integração de toda sua obra – fantasia-delírio, real delírio, luz e sombra, limites tênues da alma humana, simbolizados pela máscara (foto da capa) semi-iluminada, de sua autoria.

Querida, uma metáfora da representação? Fragmentos do "eu" e do outro em mim? Construção e desconstrução de "verdades"?

Já no prólogo, através do narrador-personagem, Lygia delineia as fronteiras do real e imaginário com um narrador presente e, ao mesmo tempo, distante, dono de um real opaco, criador de memórias inventadas. Seria ele um viajante da ilusão, do esquecimento? Construtor e demolidor do transitório? Uma metáfora do teatro?

"(...) Não conseguia mais relembrar (...) como tinha sempre lembrado (...) agora (...) a Ella me aparecia com a cara que eu estava vendo pela primeira vez (...) minhas lembranças me forçavam a recriar a memória..."

Querida, teatro da vida, uma interrogação ao drama sobre os conflitos. Até que ponto são reais e fruto da imaginação?

Em histórias entrecortadas, a autora faz um contraponto à realidade da fome, como se sublinhasse as diferenças do acaso: a fome transitória de Pollux, em sua fuga de casa, suprida pelo encontro e afeto do tio. E a fome de comida e de afeto de Bis e Velha, em busca do regresso à família e à sua terra.

Querida, um cenário de carências e afetos, e de ensaios dos desejos e ações. Elos que identificam os protagonistas (Pollux, Pacífico e Ella) e se estendem aos coadjuvantes (Bis e Velha), somados aos seus dramas sociais, dificuldades e incertezas.

O homem, como qualquer personagem, colocando em cena seus medos, obsessões, fantasmas, carências, desejos e afetos. Soluções e interrogações. Sua mobilidade e imobilidade diante das ações e reações. Tirando e colocando as máscaras. Acreditando e delirando. Fingindo e delirando.

Em quantos papéis se desdobra a máscara de Ella? Realidade de uma foto, ficção de uma memória? Lembranças de um narrador-personagem? Ella, atriz-estrela? Fracasso de atriz? Agoniada, representando para si, a atriz?

Quem seria Ella? Ilusão e servidão de Pacífico? Fantasma que se esconde do mundo e brinca com ele? Brinca ou não percebe? Ou percebe e alimenta o tempo e escolhe o momento? Ou não brinca e espera o tempo de reconstrução da pessoa e da atriz, através dos olhos de Pacífico? Contracenando com ele no palco?

Em quantos Pollux ela se transforma com seu "L" duplo, representando o ciúme? O desejo de posse, a carência, a insegurança, a busca de identidade?

Pollux, um inventor de histórias inspiradas na relação obsessiva com a mãe, no encontro oportuno e casual com Bis e Velha, e nas fantasias de perseguição e exclusão reveladas ao tio. Vestindo a máscara do desconsolo e da tragédia. Construindo o grande escritor através do ouvido generoso de Pacífico. Livre das carências afetivas próprias e alheias? Prisioneiro do sucesso, prisioneiro do escritor? Vestindo a máscara do *glamour*? Ou autor de si...

Autor das circunstâncias e fantasias? Pollux, pé no chão, olho no céu, querendo ser astrônomo. Pollux, fingindo um personagem, pensando ser ator. Pollux, uma metáfora da vida e do teatro?

Os personagens são tão simples e tão complexos que refletem indagações. Quem sou eu? Uma divisão de fragmentos?...

Quem sou eu?, perguntaria Pacífico.

Um simples espectador de Ella da plateia, projetando o desejo de ator? Apaixonado pela musa (atriz), pelo teatro e pela Querida, projetando em Ella a mãe e o filho servidor? Um falso conformista, à espera de Ella? Numa falsa imobilidade? Ou um perseguidor obsessivo dos próprios sonhos? Sou eu? Autor da vida e do teatro?

18

Meu caro amigo Josué,

Já mandei um e-mail para Lygia contando toda a movimentação que você faz em torno dos livros dela. Nesse momento ela está fora do país. Mas, com certeza, é muito bom ela saber que os seus leitores não passam em branco nos seus livros.

Achei interessante a sua leitura analítica de QUERIDA. Parece que você veste e despe os personagens como se mudasse o cenário da peça que acontece dentro deles. Você, talvez, esteja dando voz a sua memória e aos seus sentimentos.

Um escritor como a Lygia dá ao leitor o direito de inventar, de fantasiar os seus textos. Ela é mestre em falar da condição humana.

Tenho uma amiga psicanalista que me disse que aprendeu mais sobre O jogador lendo Dostoiévski, do que com os próprios pacientes e autores especializados.

Quanto à leitura da coluna do Castello, fiz no próprio sábado, como faço sempre. Por duas vezes, esse ano, ele fez referência elogiosa à obra de Lygia, incluindo também um dos meus preferidos autores, os Irmãos Grimm.

Gostei muito do seu livro-ensaio A literatura na poltrona. Depois que li, fiquei pensando no viés da escrita, no tortuoso caminho do escritor para exorcizar os seus demônios.

Delicioso o primeiro capítulo, em que o escritor, crítico literário e jornalista José Castello, em entrevista com a filósofa e escritora Hélène Cixous, se coloca numa posição defensiva, e, ao mesmo tempo, se analisa diante da sua imaginação.

Vargas Llosa é quem diz que o escritor é "um rebelado convicto", movido por seus demônios.

O pior é que os demônios vivem dentro e fora dele. O escritor, com a sua lente de aumento, desvela as suas paixões, medos, fantasias, leituras precipitadas, o seu "desassossego". (Peço emprestada a palavra ao José Castello.)

Diz do sentimento humano em estilo próprio. Com sua arte de enxergar minúcias, o invisível, de brigar com o óbvio, que parece o escondido. Com sua arte de desconfiar, de perguntar, de não ignorar, de tornar o pequeno relevante.

Tudo cresce com ele, mas com sutileza, com o seu olhar bruxo sobre todas as coisas. Um narrador constante do multifacetado inconstante.

Ele compartilha a sua solidão. Ele transpira na pele da sua invenção verdadeira. E mora no realismo distante: a ficção.

Viaja no seu encolhimento e no seu glamour. Um crítico lúcido de si? Um crítico sensato do outro?

Josué, confesso, não sei responder.

Bem, mas vamos deixar de divagações, meu amigo, te encontro na Primavera dos Livros, em dia de homenagem a Lygia.

Beijo, no aguardo,

Penélope.

Seria o escritor um silencioso tradutor do mundo? Dos opostos, dos gestos? Se olhando na sua face? Na atmosfera do estar no mundo?

19

Oi, Penélope,

O ensaio de José Castello faz um profundo estudo sobre a literatura, uma aula de como pensar a escrita, a leitura, a posição do crítico literário. Seu olhar sobre os escritores de hoje, as influências e os cortes.

Sua preocupação com o esfacelamento dos gêneros e, mais, uma rica abordagem sobre grandes escritores de literatura.

E foi aí que me peguei na sua fala e anotei. "Regressar à leitura dos grandes livros, retomar a experiência – prazerosa, mas atordoante – do puro prazer de ler."

E me lembrei da introdução de um trabalho que fiz na faculdade (Tentando Entender Barthes: seu texto de prazer) sobre o seu livro *O prazer do texto*.

Onde falo da posição de prazer de um leitor, lendo o seu texto, a sua obra. E, aproveito, transcrevo aqui para você.

Se o entender, ele é prazer. Se penso que o entendo e o devoro, é prazer. Se acho que não entendo e o desejo, é também prazer.

Como um mosaico rico e complexo, entendê-lo é bebê-lo aos poucos, como se bebe um poema. Sem senti-lo completamente.

Um mosaico em fragmentos, que se faz mosaico, no diz e desdiz: Como no contraditório do ser que somos...

Ler Barthes é "atordoante", mas é um prazer.

É muito gostoso compartilhar com você minhas experiências de prazer.

Beijos prazerosos.

Do seu amigão,

Josué.

Amiga Penélope,

Depois de assistir à peça *A Casa da Madrinha*, adaptação para o teatro desta obra mágica de Lygia, comecei a fazer uma releitura de todos os livros dela e estou resenhando um a um.

É muito legal a identificação com a obra de um autor. Parece que ele fala com a nossa boca e muitas vezes pensa o que pensamos antes. Como se estivesse fazendo uma leitura da gente.

Hoje acordei com vontade de resenhar *Corda Bamba*. Você sabe, fui assistir à ópera de Donizetti "A filha do regimento", aqui, no cinema Estação, e me veio a ideia de traçar um paralelo entre o drama da menina Maria, do livro *Corda Bamba*, e Marie, a protagonista da ópera.

Somos únicos, mas as histórias se repetem, com um toque diferente. O homem é um repetidor de si e do outro.

Mais bacana de tudo isso é que, embora Lygia fale de coisas profundas, que incomodam, que mexem lá dentro, ela tem um toque, um jeito de falar que não dói tão pesado. Parece que está conversando, num diálogo íntimo, e nos escutando.

A arte de falar de Lygia muitas vezes se expressa calada. O trágico silencia nas entrelinhas. Outras vezes ela dá voz à indiferença com um humor que só ela! Quando fala do social, traz ação e imagem à cena, sem nenhum panfleto. Mas vamos deixar de conversa mole. Vou dar a você mais um trabalhinho. Estou lhe enviando a resenha de *Corda Bamba*, em que, num sopro, acabei de colocar o ponto final. Com calma, você lê. Um feliz ano novo.

Beijos de agradecimento,
Josué.

Uma viagem na cápsula do tempo

20

UMA VIAGEM NA CÁPSULA DO TEMPO
Josué Faissol

Corda Bamba (Casa Lygia Bojunga), um círculo fechado no tempo, em que a protagonista Maria passeia pelos seus sentimentos, apreensões, sonhos, desejos e fantasias. Esconde os anseios, grava as dúvidas, vive o medo e se recolhe à amnésia como defesa de si e de um tempo difícil de vida.

E aos poucos através da corda, vai rompendo o elo da apreensão. E, em escapadas fantasiosas, dá asas ao seu esquecimento, brinca com a memória, no vai e vem dos fragmentos.

Em contraponto, imagina a realidade do seu nascimento, o choro de um bebê e acaricia a vida como um presente dos pais e "viaja" em sua expectativa de vida.

Abre as portas ao seu inconsciente adormecido. E se pergunta sobre os desdobramentos dos fatos em sua vida e sua extensão.

Com ações imaginárias, responde a si, diante da perda prematura e acidental dos pais, a separação dos amigos do circo, quase pais (Barbuda e Foguinho), e a imposição do convívio e afeto de uma avó superficial, manda-chuva, visão estreita e egocêntrica.

No primeiro momento, a menina se encolhe diante da mulher repressora que transfere à neta perspectivas e anseios seus, alheios ao universo de Maria. Com eles, uma realidade de vida se evapora, em meio a etiquetas e convenções.

A autora, com humor peculiar e cênico, narra as peripécias da protagonista diante de sua professora particular, modelo formal de educação, frio, sem participação e interação do aluno, cumpridor de regras estáticas de ensino e de comportamento. Acresce-se à cena a presença ameaçadora do seu cachorro, sempre aos pés da menina, lhe provocando medo, desconcentração e ações desastradas.

A história, dinâmica e de ritmo envolvente, em que o narrador pontualmente pergunta, como se duvidasse da ação do personagem, e ao mesmo tempo responde afirmativamente (p. 12). Em seguida, descreve a cena, dá voz ao personagem, que interpela o outro.

A linguagem e os diálogos, tão aconchegantes, trazem o leitor de paraquedas para dentro da história. A espontaneidade de Barbuda se despedindo de Maria, no orelhão, a descrição da cena da menina pé dormente, com medo do cachorro engolir a borracha caída no chão, a professora se abaixando para apanhar fiapos no tapete, a relação de desconforto da menina diante de um ambiente avesso ao circo, dão o toque de teatralidade ao livro.

Corda Bamba, cenário rico, paralelo à opera "A filha do regimento", de Gaetano Donizetti. Coincidentemente, Maria e Marie, protagonistas separadas dos pais na infância, a primeira pela morte prematura deles, se viu na iminência de deixar o circo e seus amigos Foguinho e Barbuda, por imposição da avó.

E Marie, abandonada e resgatada por um batalhão militar, se vê diante de uma desconhecida, sua mãe, que subitamente aparece e deseja reconhecê-la.

Ambas vivem o drama do acuamento e da imposição e de uma nova adaptação a um mundo de luxo e superficialidade. Marie grita o seu desconforto no canto agudo e precioso de sua voz; Maria grita no silêncio de sua solidão.

A menina passa a viver no seu mundo próprio, abrindo portas multicoloridas, abrindo e fechando um jogo de espaços que marcam e marcaram um tempo de lembranças, fantasias, sonhos, presença, ausência e adversidades.

Vive em círculo, uma porta vermelha que se fecha e se abre à realidade. Uma corda que fantasia e nega a realidade e, ao mesmo tempo, acorda a menina para um sono consciente que a defende da dor dolorida, adormecida e despertada.

Dor recalcada de um tempo de perdas. Adormecida no tempo da negação e fantasia. Despertada no vaziocheio pelo encontro da menina com ela mesma, no espaço de um ego crescido e adaptado à solidão das perdas.

21

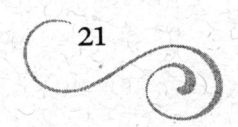

A vida é ato contínuo que contém a morte. A morte é momento de escape que contém a vida... Poucos autores sabem falar da morte como a Lygia. Livra o leitor de um pesadelo, de uma cisão, da vitimização da perda, do terror de se sentir pequeno diante da ausência e proteção do outro.

Em *Retratos de Carolina*, ela ilustra a morte através de uma pintura. Quadro exposto no Museu do Prado, "Uma moça, uma velha e a Morte: a Morte segurando uma ampulheta". Assim lembra a protagonista e fala sobre a morte. E segue falando da maior beleza da ampulheta de seu pai. E continua dialogando sobre a vida e suas decisões de atender ao marido e abandonar a faculdade. E o pai, incomodado, em silêncio, observa a ampulheta, quem sabe questionando o tempo. Seria a morte dona do tempo? Ou o tempo senhor dela? Seria o tempo caprichoso com o pai de Carolina? Ou atenderia aos seus anseios de interferir na vida? Reencontrar um pedaço da Carolina do passado? Firme, apaixonada pelo que idealiza e realiza. Ver a filha se reconhecer em Carolina? E não no fantasma de Eduarda, ex-mulher do seu marido obsessivo? Carolina, livre da culpa do aborto de um filho indesejado concebido por estupro!

Delicioso esse texto que dá à morte o resgate da vida. O pai se enxergando na decisão da filha, o resgate de si através de Carolina, sufocando o seu medo, atiçando a sua coragem, diluindo a sua culpa. E se despedindo da vida já sem culpa. Num escape feliz, de uma escolha equivocada por uma mulher. Deixando sua memória viva dentro de uma escrivaninha doada à filha, filha mais que querida, retrato de suas idealizações. E todo dinheiro para a mulher "desamparada", casada com o conforto, com a proteção e a conveniência.

Retratos de Carolina é um diálogo do narrador com as nuances da vida. Como ela se desdobra diferentemente nas ações e distintas personalidades dos seus personagens. Carolina vive momentos em que aparece segura de si e outros nos quais se esconde na menina desconfiada que imagina a ação do outro, o pensamento do outro e se sente incapaz de ser amada na sua fantasia. E sofre na dor de quem desconfia do sentimento do outro. E imagina o negativo cheio de interrogações, sublinhando, quem sabe, uma carência.

Por outro lado, se acha em Priscilla, amiga mais prática que não fica ruminando como agir numa relação, mais objetiva, que tenta ouvi-la sem achar a vida tão complicada. Digerindo, quem sabe, melhor a relação com o outro. Falando o que pensa sem rodeios, tentando mostrar a realidade que enxerga. Não encontrando traição no que faz, e quando colocada frente a frente, silenciando, sem dar chance ao outro de conhecer os fatos como realmente se deram. De proporcionar certezas ou desmanchá-las.

Mas Carolina compensa suas necessidades de transparência na relação com o pai, vivendo o seu outro momento de pessoa segura, amada e compreendida. Que lhe dá a chance de enxergar a vida não como uma adversidade, de entender o que não pode ocorrer de imediato, e, quem sabe, temperar a ansiedade de Carolina pra aprender a desvendar as pessoas e coisas sem sofrimento, e não antecipar o sentimento alheio. E aprender a domar o sentimento desconfiado que só traz sofrimento, angústia e insegurança.

E, como não poderia deixar de acontecer, o toque teatral da autora nos diverte e nos faz refletir sobre o inusitado encontro de Carolina com o futuro marido. Uma "mala" que Carolina descobriu e "roubou". Mais precisamente, salvou a amiga Bianca do inoportuno, complicado, rico, viciado em álcool, tóxico e na ex-mulher Eduarda.

Divertidas são as cenas em um jantar no qual Bianca apresenta a amiga ao Homem Certo e à sua bela mansão. Aí começa a trama e o desfecho da personagem Carolina. Uma metáfora das contradições do humano.

22

Oi, Josué,

Acabei de receber sua resenha do livro CORDA BAMBA, ainda não li, mas confesso que fiquei curiosa de ver o seu olhar sobre A CASA DA MADRINHA. Não se importune com o meu silêncio, que não significa distância, e, sim, tempo curto. No momento, estou num orfanato, com o meu lap top aberto, te respondendo, e já vou começar, como faço todas as terças, a sessão de leitura para crianças. Não deixe de me escrever.

Beijos, na expectativa próxima,
Penélope.

Oi, Penélope,

Às vezes fico acuado, com medo de ser o Lourenço desinibido, entrão e, como ele, invadir o seu espaço e tempo, sem lhe deixar respirar. Mas que bom que você não me sinta como o protagonista de *Paisagem*! Estou lhe enviando a minha leitura de *A Casa da Madrinha*. E, mais que abusando da sua generosidade, o parecer sobre o "eu" artesão de Lygia do seu livro *Feito à Mão*.

Beijos, de tranquilidade,

Josué.

Condição do cotidiano

Uma história do "eu" artesão

23

Condição do cotidiano
Josué Faissol

Livro-teatro. Teatro-livro. Esta é uma marca de toda a obra de Lygia Bojunga. Em *A Casa da Madrinha* (Casa Lygia Bojunga), o texto não é exceção. As palavras tocam os olhos e os ouvidos, através de uma narrativa oral, uma conversa informal com o leitor, cheia de imagens. A autora dá entonação à palavra como se preparasse o leitor-espectador para a cena. Como se ele ouvisse o texto. Ilustra a palavra e o transporta ao objeto vivo em suas mãos.

O compromisso da autora com a informalidade é tão acentuado que o personagem pega carona na narrativa para reiniciar o seu diálogo com o interlocutor. "E Alexandre se virou com o grito. Ficou bobo". Fim do capítulo. "Eu fiquei bobo". Início de outro.

Como bem define Laura Sandroni em *De Lobato a Bojunga*, editora Agir, 1987, "a autora usa de recursos vários, descobrindo múltiplos usos da língua e instaurando o espaço de liberdade e subversão que é o texto literário".

Ao mesmo tempo em que inspira a criança a sobrevoos pelo lúdico, provoca reflexão através da fábula. O real e o imaginário se confundem, a toda hora, onde o limite entre os dois é a cerca que separa o sítio de Vera, protagonista da história, e *A Casa da Madrinha*, uma metáfora da esperança e do desejo. Onde, através da lembrança e da idealização, o protagonista Alexandre escapa da difícil realidade do seu cotidiano.

A autora faz uma brincadeira com o tempo e o espaço, quando para os relógios de pulso de Vera e o relógio de pé da casa da madrinha. Como se colocasse os sonhos numa nave e a realidade ficasse esperando do lado de fora.

Será o tempo uma ilusão? E o espaço, o movimento do vazio? Onde Alexandre, Vera, a gata da capa e o pavão buscam o céu e o chão?

Outra marca da obra da autora nos remete ao neorrealismo do cinema italiano, no qual o social sublinha a trama. E, ainda, o olhar interior de seus personagens nos conduz a Dostoiévski. E provoca, no leitor, a leitura do mundo em si e a leitura de si. O mundo da consciência olhado e pensado.

Lygia desmistifica temas que não fazem parte do cardápio comum dos livros para crianças. As cenas são sempre reais, mas acontecem como mágicas. Um mar de vivências bem refletidas.

A criança participa de uma brincadeira séria. Bem-humorada e bem-resolvida. Sem nenhuma lição de moral. Lygia trabalha o ético, através dos conflitos, nas decisões e nos arrependimentos.

Fala da condição humana sem gritos de horror, de forma suave. Como se deslocasse a nuvem e fotografasse o complexo sentimento humano.

Através do personagem gata da capa, a autora fala de solidão, de preconceito, de autoestima. Uma gata vira-lata que se esconde numa capa em defesa contra o homem, o animal e os próprios gatos. Por outro lado, feliz, encontra um sótão que lhe dá abrigo e segurança. Fresta de sol. E, por fim, o poço?

Através do pavão, fala da beleza, sua utilização e exploração, e do silêncio imposto ao homem no cotidiano. Fala do poder e da propriedade. Fala do medo, do fantasma do castigo, da subserviência.

A Casa da Madrinha, como toda a sua obra, é um convite à reflexão e ao prazer. O leitor escolhe a dose de envolvimento. E se transporta às originais e premiadíssimas histórias. Clássicos da leitura universal, sem classificações de idade e tempo.

24

UMA HISTÓRIA DO "EU" ARTESÃO
Josué Faissol

*F**eito à Mão*, livro-memória, livro-construção, fragmentos, onde a autora puxa o fio da existência, capta as lembranças, tece o presente e ensaia o futuro.

A autora, artesã de sua casa, de sua arte de representar o teatro, da escriba original. Lygia inventa o futuro, através do seu "eu" artesão. Lygia se construindo editora, construindo a sua casa editorial, construindo a arte de transformação das ideias.

Palavras, histórias, imagens, se colocam diante do prazer de confeccionar a realidade (o livro), feito todo à mão, do papel à encadernação, para abrigar a sua ficção.

Fantasias de um "eu" artesão diante da realidade do competitivo mundo editorial e das possibilidades reais de mercado. Lygia artesã distribuindo suas histórias através do teatro, em suas viagens Brasil afora: As Mambembadas.

Lygia transformando o seu sonho de editora artesã em editora real, delineando o futuro: a Editora Casa Lygia Bojunga.

A autora, em sua narrativa, aguça os fragmentos da memória, simbolizados na casa-fantasia da infância (galinheiro desativado transformado em casa de boneca numa chácara); na mansarda (casa da escriba em Londres, guardiã da sua imaginação). Na Boa Liga, hoje fundação, antes sítio e natureza (casa-refúgio onde exorciza os medos e as incertezas, chão para decisões), e motivo de inspiração (cumplicidade) e deleite. Sua liga com a terra, a mata e o "povo da floresta".

Feito à Mão é Lygia juntando seu "eu" artesão, reencontrando o mar com um quê de reticências e interrogações. Criando e recriando cenários. Resgatando um tempo de ausência? O desejo de se ouvir, repetindo a vontade de ver e rever o mar? Rompendo o silêncio? Falando através do estado de espírito do mar?

Conversando com a mãe através das linhas, agulhas e bordados. Dando asas aos seus dedos nas lembranças do passado.

Conversando com os lugares, Lygia andarilha, olho apurado na realidade dos lugares.

Ressuscitando, como diz, o seu "eu-artesã" no México, se achando na cidade, em meio a bordados, pinturas e esculturas.

Lygia em Istambul, olhando-se nas imagens alheias, se encontrando consigo, na simplicidade das coisas e das pessoas. Relembrando os gestos, os cantos, os barulhos e o caos do tráfego.

Lygia falando do seu olho de Deus: reflexão e busca (imaginação) e cansaço. Deus sem boca? Sem ouvido? Falando das rezas, da sua possibilidade de ser noviça, e o contraponto da vida, o encanto com o primeiro namorado. E o encontro do corpo e da alma.

Feito à Mão é Lygia com o seu alimento – a vida que borbulha aos seus olhos e ela pega, sente e ouve.

25

O tempo não tem pressa. Ele cultiva o silêncio, se delicia no vazio, dá asas à expectativa e adormece...

Oi, Penélope,

Há muito tempo que estou para lhe responder e dar notícias do Terrível. Você sabe, galo domado não curte o aconchego dos amigos. Ficou um tempo muito teimoso, depois que seu dono costurou o pensamento dele, para torná-lo um galo de briga. Ele virou um guerreiro, galo sem vontade e sem ideia.

Tentei escondê-lo na minh' **A Bolsa Amarela**, no dia da luta com o Crista de Ferro, mas não é que o danado fugiu! Sorte que a linha costurada na cabeça dele era forte e boa de briga. De tanto que ela esperneou para se salvar e salvar o Terrível arrebentou. O resto você já sabe, ele fugiu, dessa vez pro mar. Resolveu passear com a Linha Forte por esse mundão, deixando o seu antigo dono sem galo e sem dinheiro.

Agora o mar está calmo! Os dois (Terrível e a Linha Forte) estão pescando a liberdade por aí. A das asas e a dos sonhos.

As duas penas à época encontradas no local da briga denunciavam apenas uma morte anunciada. Assim como, em mares gregos, aconteceu com o seu astuto Ulisses. As tormentas foram a prova homérica da sua resistência.

Beijos atrasados e sem marolas,
Raquel.
Ítaca, séc XII a.C.

Oi, Raquel,

Já estava ficando cabreira com essa história de você desistir de escrever. Onde fica toda sua vontade de ser escritora? Escritor adora escrever e não se importa se a família achou graça, se o professor não deu bola, se ninguém leu.

Ouço você me perguntar: qual seria então o significado de um texto? E eu lhe volto com outra pergunta: se você é o primeiro leitor do seu texto, qual o significante das diversas leituras que você fez dele? Dos rascunhos, cortes, das suas fragilidades, das suas certezas, da sua experiência de crítico?

É, você estava mais para o seu guarda-chuva, engasgado, quebrado. Escrever é o seu desafio, sua liberdade de sentir o tempo, o espaço e os ventos da sua escrita. E mergulhar nessa sua deliciosa mania de viver. De se esconder. De inventar. Traçar paralelos, devorar fatos, atos, objetos e imaginar. E viajar na sua arte de desatar laços e puxar fios.

Escritor escreve por necessidade de escrever. E você, pra escrever carta inventada, é mestra.

Outro dia fiquei lembrando da carta que você enviou pro André e pensei: como a Raquel padece, tendo que ouvir o irmão dizer: "A Raquel nasceu de araque." Duro de doer foi à pergunta que você fez pra ele: "Mas se ela não queria mais filho, por que é que eu nasci?".

Boa pergunta, pensei. Mas, também você poderia perguntar por que eu não nasci. Seria você fruto de um desejo imprevisível, casado com o destino?

Mas aí caí na real e me lembrei de que o André era mais uma de suas invenções, e fiquei sem saber se essa história era verdadeira ou uma mentira.

Amiga, só sei dizer que a sua meia ficção, meia verdade ou meia mentira, me levou a lembrar do meu irmão me falando: "Penélope, você foi achada na porta da igreja". Isso é coisa de criança rabugenta, você não acha? Fiquei feliz e curiosa pra ler o seu pequeno romance sobre a história de um galo chamado Rei.

Não sei se lhe contei, mas tenho um amigo que adora os escritos da Lygia e está escrevendo resenhas sobre os livros dela. Vou lhe mandar a que conta a história d'A BOLSA AMARELA, que sua tia Brunilda lhe deu.

Beijo grande,
Da amiga recompensada,
Penélope.

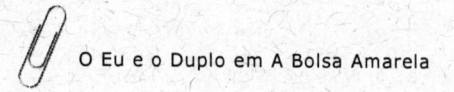

O Eu e o Duplo em A Bolsa Amarela

O Eu e o Duplo em *A Bolsa Amarela*
Josué Faissol

O divino da condição humana é falar dela com leveza e profundidade. É não deixar de falar. É tentar captar cada ouvido: mouco, adulto, infantil, aguçado e surdo.

Falar da escrita de Lygia Bojunga é delinear sua sensibilidade diante dos seres, objetos, condições e circunstâncias.

Como é fácil falar! Mas falar a todos, sem excluir temas, jogando na mesa todos os dados, é privilégio de poucos, não inseridos na simplificação das definições de literatura infanto-juvenil. Literatura é ou não é literatura.

Arte no fundo (conteúdo), na forma (estética). Prazer (no texto e na forma). Existência (questionamento). Cultura (apreciação e diferenciação). Em cada leitor, a subjetividade do seu desfrute ou das suas significações, ou de ambas. Elementos inclusivos das obras dos verdadeiros escritores.

E essa escritora de livros, que encantam adultos e crianças, fala e ouve em seus textos e narra o cotidiano do mundo em linguagem lúdica e reflexiva.

Em *A Bolsa Amarela* o faz através da protagonista-narradora e dos personagens-símbolos, fragmentos do seu "eu" em cada um, espelho do mundo: eu sou o outro vestido de mim. Onde o galo-rei canta a fantasia e se transforma em Afonso, a realidade. O alfinete desenha o amadurecimento e espeta o ponto de equilíbrio. O guarda-chuva engasga em seus questionamentos. E o galo Terrível encontra os seus valores.

E, num mar de representação e realidade, a autora nomeia sentimentos, expressa defesas, articulações, contradições no mundo da circunstância e da condição do momento.

Tão rico é o texto que a protagonista Raquel narra em primeira pessoa, em terceira, reproduz os diálogos entre personagens. E, em interjeição silenciosa, responde a si o mesmo sentimento. E ainda em primeira, narra conversando consigo e se imagina através de Reinaldo, Arnaldo, Aldo, Geraldo e se pergunta e se responde e, ao mesmo tempo, se imagina dialogando com um suposto interlocutor em posição de monólogo.

A história se desenrola através das vontades da protagonista: a criança querendo ser adulta, a menina que não nasceu garoto, a criança que queria e não podia escrever. Um entrelaçamento de histórias criativas, não lineares, que transitam entre a fantasia e a realidade.

E da última vontade surgem as cartas inventadas, os telegramas, o pequeno romance, símbolos das pressões, frustrações, motivações e crescimento da protagonista em seu desejo de ser escritora.

Seria o treinamento das cartas inventadas e o pequeno romance de "um galo chamado Rei" uma crítica metaforizada às definições de literatura e classificações de gêneros?

E é através delas que a protagonista compartilha com os leitores o sentimento de rejeição, a inconsequência das críticas, a disputa entre irmãos, a solidão. Traça um perfil de uma família repressiva, invasiva, não disponível, autoritária, onde o macho ainda domina. Infantilizadora, que cala a voz da criança.

A bolsa, busca do universo interior de Raquel, retratada pelo desejo de privacidade. Objeto real simbólico, esconderijo de suas vontades, lembranças (retratos e desenhos), angústias (incomunicação dos pais), compensações (amigos), seus duplos: personagens-símbolos. Motor de sua busca por espaço (pensar por si, suas escolhas, aceitações e limites ao outro) e movimento (coragem para agir, enfrentar e superar as adversidades).

Até que ponto a escritora fala, também, através das histórias? Seria a "História de um galo de briga e de um carretel de linha forte" a superação da criança aos seus limites de escrita? O seu reconhecimento como autora? A sua independência à opinião da crítica? A sua autocrítica?

A casa dos consertos, metáfora para o diálogo, afeto e reconhecimento de todas as coisas e pessoas. Contraponto a ideias preconcebidas e tabus. Olho interno de Raquel. Elo que rompe limites da protagonista de ser garota e ser criança. Um pontapé na exclusão e na solidão.

27

O tempo, às vezes, parece que não passa. Ele se encolhe no silêncio, se esconde na expectativa e morre com a dúvida.

Querido mano Lourenço,

Estou há três dias conversando com a sua secretária eletrônica. Ontem, a campainha tocou e fiquei com medo de abrir a porta, pensando que fosse um ladrão.

Acordado ainda, o gato Tião me olhava e lambia a porta. E, com a voz de sono, me disse: é a mãe.

Saí e fiquei olhando ele de longe e pensei: como está velhinho... E, ao mesmo tempo, acreditei e falei comigo: quem sabe ela liga do orelhão.

O celular da mãe continua dentro da mala, na toca do coelho de Alice. E não sei se ela teve tempo de comprar outro.

Chega logo dessa viagem...

Beijos de arrependimento,

Rebeca.

Epílogo

Não sei por que escrever, ela me perguntou. Quem é ela? Um fio, um vazio, um verso, um reverso. Um vento batendo. Sou eu? Você? As minhas personagens? Os meus escritores prediletos? Os livros que não li e gostei por antecipação? Os fantasmas que habitam os pensamentos? Os livros que viram filmes? Os filmes que escrevem **roteirossss**? Os filmes que se vertem em livros? Os livros que encenam peças? O humor que transborda tragédia? A comédia que acorda triste? As biografias fictícias? A fantasia real? A realidade mentirosa? Os fragmentos da memória? A invenção da memória? O silêncio nas entrelinhas? A ação no silêncio? As interrogações do pensamento? A intuição acelerada? A cor que desbota? O cheiro que acorda? A voz que se cala? Num conto que nasce? O vingativo sonho da realidade? Ou o sonho da fantasia? **Ah! Raquel,** vou lhe dar mais umas razões: os 22 livros da Lygia Bojunga e mais dez: as filigranas ricas do interior alimentado de Dostoiévski. O tecido, (o "*eu*" inteiro), o fragmento, (o "*eu*" dividido) e o círculo (o "*eu*" em círculo) do humano, nos personagens universais de Dostoiévski. A poesia e o tempo, de Mario Quintana, ventania de tempo, tempo pingado de estrela, nebuloso tempo, tempo brejeiro, imemorial, circular, não tempo. A fantasia do amor letrado, de Vinicius de Moraes, o cotidiano do humano nas letras de Chico Buarque e a complexidade do humano dos seus romances. As outras cinco razões eu fico lhe devendo...

Beijossssss para todosssssss,
Penélope *(www.penelopenapoltrona.com.gr)*

Ítaca, séc. XII a.C.

Bibliografia

Obras de Lygia Bojunga

- *A Bolsa Amarela*, Casa Lygia Bojunga, 33ª ed. 10ª reimpressão, 2006.
- *Dos Vinte 1*, Casa Lygia Bojunga, 2007.
- *A Casa da Madrinha*, Casa Lygia Bojunga, 19ª ed., 4ª reimpressão, 2005.
- *Aula de Inglês*, Casa Lygia Bojunga, 2006.
- *Tchau*, Casa Lygia Bojunga, 17ª ed., 2ª reimpressão, 2005.
- *Paisagem*, Casa Lygia Bojunga, 6ª ed., 1ª reimpressão, 2006.
- *Os Colegas*, Casa Lygia Bojunga, 50ª ed., 2004.
- *Feito à Mão*, Casa Lygia Bojunga, 3ª ed., 2005.
- *O Sofá Estampado*, Casa Lygia Bojunga, 31ª ed., 2004.
- *Nós Três*, Casa Lygia Bojunga, 4ª ed., 2005.
- *Querida*, Casa Lygia Bojunga, 2009.
- *O Pintor*, Agir, 4ª ed., 1999.
- *Corda Bamba*, Agir, 11ª ed., 1988.
- *Retratos de Carolina*, Casa Lygia Bojunga, 1ª ed., 2ª impressão, 2003.

Obras de outros autores

- *Odisseia*, Homero, Abril Cultural, 1979.
- *Cartas a um jovem escritor*, Mario Vargas Llosa, Elsevier, 2008.
- *O coração disparado*, Adélia Prado, Nova Fronteira, 1978.
- *O jogador*, Fiódor Dostoievski, L&PM, 1998.
- *A literatura na poltrona*, José Castello, Record, 2007.
- *O prazer do texto*, Roland Barthes, Editora Perspectiva, 4ª edição, 1ª reimpressão da 4ª ed. de 2004.
- *De Lobato a Bojunga – As reinações renovadas*, Laura Sandroni, Agir, 1987, 1ª reimpressão.

GRAFICA IMAGINAÇÃO
GI
"Sempre imaginando como atendê-lo melhor"